독고

2

독고 2

4

민 글
백승훈 그림

내가 연락하기 전까지
나한테 구역 정보 보내지 마라.

한 명 한 명 넘기는 건
순조로웠다. 그러니까 세 명을
모아 나에게 대응했다?

예… 옙.

김종석이 브레인이라고 했었나?
그 녀석의 머리에서 나온
대응이라면 빠르고 정확했다.
쉽게 보면 안 되겠어.

형사님 도와준다고 시작했는데…
이젠 내 자존심이 멈추라고 허락하지 않아.

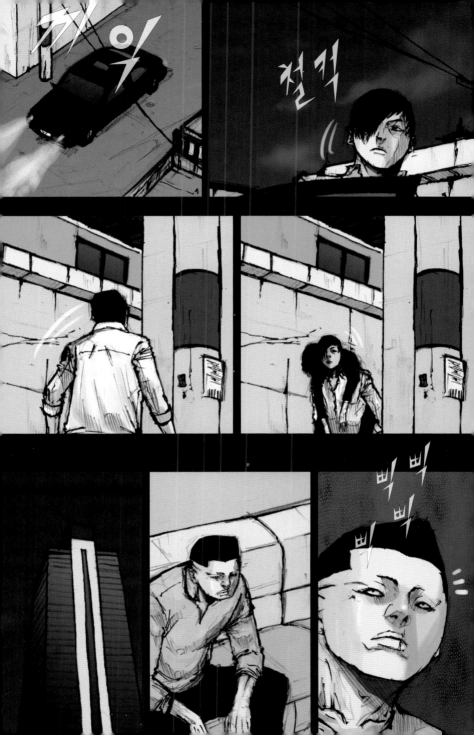

이게 뭐야?

후레쉬맨

내과

이지웅

응?

외래 시간 아닌데?

죄송합니다. 제가 아는 의사가 없어서. 돈은 따로 드릴게요.

아프면 원무과 접수하고 와.

그래도 되는데…

이제 나갈게요.

꼭!

꼭 전해주세요.

오빠한테 너무 고마워한다고.

이렇게 좋은 분을 만나게 해줘서 너무 감사하다고.

그러지.

어휴. 진짜.

가라, 가. 넌 이제 안 부를 거니까 꺼져.

야! 잠깐 스톱.

응?

너 방해했다는 년 찾을 수 있어?

야.

왜?

이사회를 여기서 해?

오늘은.

…

그냥 올라가자.

상대야.

응?

널 의심해서는 아니야.
그냥 학교별로 돌아가면서
테스트해보려고 했던 거거든.

사실은 말이야.
내가 너만 빼고 다른 학교는
구역을 바꿨어.

응?

...

내가 살짝
의심하는 티를 냈더니
희성이가 기분 나빠해서
그것도 빨리 해줄 겸.

근데 어제 독고가 걸렸네?
딱 너만 아는 곳에서.

어린이가.

됩시다!

깨워.

!

두 번 당하지
않는다고 했을 텐데?

으라아아!

너희가 나를
가만 두질 않는구나.

저 자식.

건드려선 안 될 사람을
건드린 게 어떤 건지 이제
알게 될 거다.

느낌이 안 좋아.
이건 정말…

개허세 봐라!
난 네가 발린 거 다 봤어!

그래. 그 두 놈 협공은
정말 무섭더라. 그건 인정.
근데 넌 좆도 아니지.

개새야!

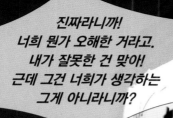

진짜라니까!
너희 뭔가 오해한 거라고.
내가 잘못한 건 맞아!
근데 그건 너희가 생각하는
그게 아니라니까?

잠깐 스톱.

야. 김종석. 만약 네가
잘못 생각하고 있는 거면
보상 어떻게 할 거야?

내가 실수할 리가 없다니까?

만약에 실수한 거면?

...

띠리리리

상대 거다.
최성용이라는데?

받아봐.
스피커폰으로.

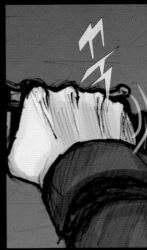

종일이냐?

야! 혁이가 칼에…

아무것도 아니다.
넌 공부나 해라.

잠깐만.
혁아. 잠깐만!

응?

너 빼고 며칠 전에
다 모였었는데 전박사에서.

그랬어?

우리 얼굴 한번 봐야지.

어… 근데 그때 네 여친이
나 학교 이름 듣고 좀 표정이
안 좋았는데 만나도 되겠어?

안 그래도
그 이야기도 할 겸.
얼굴 한번 보자.

밥! 밥! 밥!

밥아저씨가 됩니다.

왜 방해받는
기분이야?

하아… 입을 옷이 없네.

띠리리리

응. 뭐?

왜?

일한이 민협이
이세운한테 개털렸단다.

이세운?

자세한 상황은 나중에
들으면 되고 중요한 건 독고 사냥
실패했다는 거. 독고에 이세운이
붙었다는 거지.

그쪽도 팀을
만들고 있는 거란 말이지?

아직 팀이라고 할 건 없어.
상황 파악부터 해야지.

하긴. 뭐 어떻든 상관없잖아.
팀 매치라고 해도 우리가
압살할 건데.

반응도 못 하는 주제에
누구한테 가오를 잡아?
난 네 생각보다 훨씬 강해.

반응할 필요도 없던데?

126

2년이 지났다.
우리도 컸고 2년 전에
우리 실력이 아니야.

지금 김종일과 붙으면
작살낼 수 있는데 쫄고 있어?

...

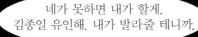

네가 못하면 내가 할게.
김종일 유인해. 내가 발라줄 테니까.

웃어?

잠깐 스톱.
같은 편끼리 왜 싸우냐?

137

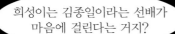

희성이는 김종일이라는 선배가
마음에 걸린다는 거지?

그럼 그 선배만
처리하면 되는 거야?

그래.

네가 하겠다고?

아니. 현덕고가.
이럴 때 쓰려고 현덕고 잡아놨잖아.
근데 김종일 어떤 스타일이야?

파워가 센 건 아닌데
빠르고 손에 뭘 들면
상대가 없어.

그럼 현덕고
김다빈 쓰면 되겠다. 김다빈한테
상대도 안 될걸?

140

근데 이상해서요.
상대한테 일 생긴 것 같아서요.
상대 꼬붕한테서 전화 왔는데
이거 딱 저 유인하는 거여서요.

끙… 자세하게 이야기해봐.

미친… 남자 새끼가
뭔 말이 이렇게 많아?
계속 통화 중이야.

혁이 이렇게 오래
통화할 사람이 있었어?

글쎄?

알겠다. 너 오라고
한 곳으로 내가 갈게.

뭔데?

두 두 두

너한테 설명하긴
길고 그냥 갈 데가 있어.

같이 가자.
너 옆구리 아프잖아.

괜찮아. 내 일이야.

한가지 정확히 하자.
내 일일 때 네가 도와주지 않아서
네 일까지 된 거야.

그러니까 네 일 아니야.
같이 가.

…

노안이라 그런지
꽤 어른처럼 이야기하네.

꽉 잡아라.

야!

부아앙

야! 어디 가?

같이 가!

143

문자 보내놨어.
돈 500 준다고.

야. 내가 발라준다니까?

너도 발라. 원한다면.

너희는 괜히 끼어들어서
다치지 말고 여기 있어.

끼어들 생각 없었거든?
우린 그냥 구경하러 왔거든.

그래, 그래.

너무 캄캄한데?

여기서 만나기로
한 거 맞아?

형님.

144

말 안 들으면…

이렇게 해줄 테니까.

!

163

지압맛집

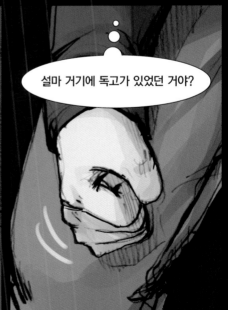

171

오늘 끝낼 수 있었는데.
제길.

후우…

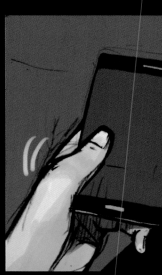

띠리리리

뭐야? 어디 있었어?
종일이랑 한솔이랑
너 엄청 기다렸어.

미안.
진동으로 하면 옆구리가 아파서
무음으로 해놓고 있었어.

173

야! 혁아.

종일이 일주일간 시간 된다더라. 중간고사 기간이라.

응?

그래?

응. 중간고사 끝날 때까지 여친이 만나지 말고 공부만 하자고 했대. 넌 모르지?

안다. 본 적 있어. 끊을게.

강혁이 밖에서
쌈질이나 하고 다닌다?
이런 폭력배라면 학교에서 쫓아낼
최고의 이유 아닌가?

네가 싸워 이기는 날이
바닥으로 추락하는 날이 될 테니.

그래. 싸워라.

예?

딩동

끼익

마셔.

어머니는?

여전하셔.

요즘은
이런 만화 봐?

예전엔 총수 보더니.
호러만환가?

그냥 그것도
나름 재밌어.

팬미팅? 태평양솔더?
웃기네.

할 이야기 있다며?

어쩐 일로
내 볼펜이 필요하실까?

희성이한테
전화 안 하고 왜 나한테?

희성이는 안 할 것 같아서.

이 새끼 깜찍하네.

네가
원하는 거 아냐?

알았다. 김종일 따로
먼저 깨뜨려놓으라는 거지?

혼자서는 힘들 거야.
지원을…

지랄한다. 내가
알아서 할 테니까
구경이나 해.

박석호…
다루기 힘드네.

어. 희성아.
할 이야기가 있어서. 상대
꼬봉 노릇했다는 1학년 있지?
배한규였나?

193

잘 가라.

무슨 일인지 진짜 말 안 하냐?
친구 사이에 섭하다, 야.

아무 일도 없어. 잘 가.

아, 끝내 자기 입으로
말 안 하네.

절겅

띠 리리리

석호?

아우… 선배님.
오랜만입니다. 희성이랑
통화하셨었죠?

그런데 왜?

와… 이거 어떡해요?
사실 희성이가 서북고연에서
활동 개열심히 하고 있었는데
선배님 전화 받고 탈퇴한다고 했다가
다른 학교 연합이 희성이
죽이겠다고 난리 났어요.

오늘은 학교
땡땡이 치는 날…

뭐야? 3학년 교실에
막 들어와?

죄송합니다, 선배님.
진짜 좀 급해서.

뭔데?

저 완전히 찍힌 거 아시잖아요.
1짱에서 서열 쩌리 됐어요.

197

…

야, 이거 어디 가서 말하면 안 된다. 사실은…

저것 봐. 아직도
내 얼굴 보고 쪼네.

뭐? 이…

뭣 하러 왔어?
우리 이 학교에서는 서로
모른 척하기로 했을 텐데?

돈 좀 벌어볼래?

…?

여긴?

오셨습니까?

희성이 문제로
상의할 게 있다고 한 것 같은데
장소가 왜 이래?

예?

옛날 생각나게.
별로 좋지도 않은 일인데.

아. 그쵸? 여기서 2년 전에
명진환과 막 싸웠죠.

저하고 희성이는 저기 저쪽에 기절한 척 누워 있었고.

여긴 아무래도 칙칙하다. 어디 커피숍이라도 가자.

김종일!

방금 너냐?

아닌데 요?

금방 아문다고 했는데…

여보세요?
어. 세운아.

장소, 시간
확인했지?

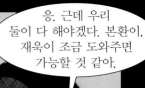

응. 근데 우리
둘이 다 해야겠다. 본환이,
재욱이 조금 도와주면
가능할 것 같아.

응?

그렇게 됐어.

난 괜찮아.
생각보다 내가 좀 하거든.

옆구리는?

문제없다. 전혀.

오케이.
나중에 보자.

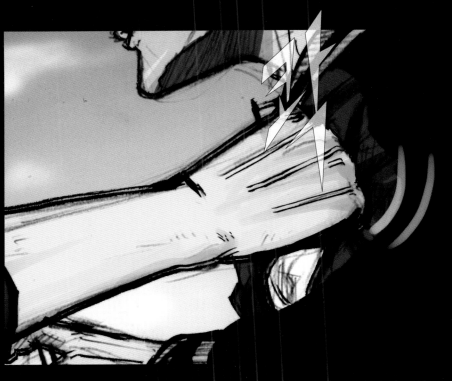

1미터 더 크지 그랬냐?

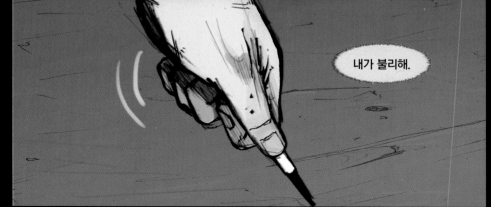

돈?

너한테
손해 보는 일은 아니다.

쓰벌. 내가 돈 없는 건
또 어떻게 알고.

합류하는 거지?

얼만데?

100. 반나절 알바 뛰고
나쁘지 않잖아.

나쁜지 좋은지는
내가 결정하는 거다.

어떡하냐?
너 좆 된 것 같은데.

…

와라.

여기다.

왜 불렀어?

상대한테 문자 받았지?
어제 거기서 한다고.

그런데?

가자.

어딜?

타.

OFF

옆구리는 괜찮아?

진통제 먹었어.

OFF

근데 어디 가냐?

작전 회의하러.

아마도 그런 것 같다.
많으면 많을수록 좋다고 하는데
너 아는 애 없어?

미쳤어?
남은 돈도 버릴 거야?

한 명 정도는 더 끌고 올 수 있어.
이 싸움이 끝나면 그때부터 다 우리 돈이야.
작은 돈에 연연하지 마.

이것들이 대화가 왜 이래?
그 정도로 상대방이
대단하다는 거냐?

그건 아닐 거다. 그런 인간은 없지.
그냥 확실히 끝장내고 싶은 거겠지.

뭐, 하여튼 추천할 녀석은
있어. 윤남욱.

어디 있는데?

검정고시 학원 다녀.
우리보다 한참 어리지만 도움 될 거야.
필요하면 내가 데려오지.

남욱이도 100은 줘야 된다.
알지?

명진환과 일대일
대결로 이끌어야 한다.

아주 그냥 개폼은!

237

씨이…

선배님. 선배님 지시를 어기고
진고를 서북고연 활동에 편입시키려는
선배가 있습니다.

작년 전학 와서 이쪽 사정을
잘 모르는 것 같습니다.

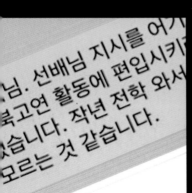

님. 선배님 지시를 어기
북고연 활동에 편입시키
습니다. 작년 전학 와서
모르는 것 같습니다.

하…

02:48

김인범 선배님

그놈 누구냐

끄으…

석호가 깨어나기 전에
끝내야 해.

241

상대와 성용은 사실상 전력 외로 본다.

본환, 재욱은 처음 몇 명은
잡아주겠지만 금세 다굴 당할 테고.

넌 옆구리 부상이고.
역시 나뿐인가?

아니야. 너와 나 둘이 한다. 서너 명 이상을 넘기고 판을 바꿀 수 있는 능력은 우리 둘밖에 없어.

하긴. 우리가 좀 하지.

다행히 여긴 광장이 아니라 폐건물이 있어서 지형지물을 이용하면 최소한으로 움직여서 강한 타격을 줄 수 있어.

미리 지형을 파악하고 동선을 짜보자는 거지?

그래도 상대방이 100명이 넘으면 그건 너무 많아. 단번에 원샷 원킬 아니면 결국 저글링에 당해.

OFF

251

그냥 경찰에 신고하는 건 어때?
적당히 싸우는 중에 본환이보고
신고하라고 해.

그게 제일 깔끔하네.

근데 다 뿔뿔이
흩어져 도망가면 어떡하지?
걔들이 나중에 또 모이면?

방금 경찰 부르자고
한 녀석은 집에 간 걸로 하자.

사실 그런 건
우리 스타일도 아니니까.

한창과 당영은 얼마 전 깨져서 못 나오고 그 외 서북고연은 전부 다 모입니다.

서북고연?

예… 에.

전부라면 여자애들도 모으는 거냐?

여자애들은 사실 필요 없는데 모이긴 모입니다.

다 모인다는 규모가 어떻게 되는 거야?

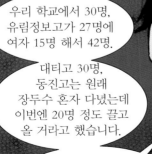

우리 학교에서 30명, 유림정보고가 27명에 여자 15명 해서 42명.

대티고 30명, 동진고는 원래 장두수 혼자 다녔는데 이번엔 20명 정도 끌고 올 거라고 했습니다.

그리고 현덕고에서 지원 오기로 했습니다.

120여 명? 미쳤어?

…

더 빨리! 빨리!

태진아. 이거 보면 전화해라.
혁이가 위험한 것 같아.

같이 좀 가자.

맨날 먼저 가니?

언제까지 거기
서 있을 거야?

하! 진짜.

쪽수 믿고 나한테 덤빌
생각을 해? 세상에 건드려서는
안 될 사람을 건드린 대가를
곧 알게 될 거다.

네가?

27

근데 형님.
100명 넘게 모인대요.

예상대로다.

시뮬레이션했어.

어쨌든 수가 달리니까
우리도 준비를 좀 했어요.

알았어.

뭐야?

동준이.
아는 동생 픽업해 가는데
조금 늦을 것 같다고.

그럼 우리도
늦게 가자. 건방지게…

7시까지랬는데…

30분만 늦게 갈까?
선영이네한테도 전달해.

OFF

뭐야? 독고는?
그리고 넌 왜 거기 서 있어?

난 여기서 싸운다.
씨발놈아.

지랄.

석호가 김종일 잡았나 본데?
안 나타나는 걸 보면.

뭐?

너 몰래 내가 석호한테
이야기했거든.

석호가 종일 선배를?

너 뭐 하냐? 여기서?

혁이가 위험해서.

네? 혁이요?

아이구. 지랄.

창문으로 넘어서
앞뒤로 포위해!

어딜!

쉬익

까비! 걸렸으면
턱 조각났을 텐데.

졸렬하게 그런 걸
끼고 싸우냐?

터지고 난 뒤에도
그런 소리 하나 보자.

아… 너클. 짜증 나네.

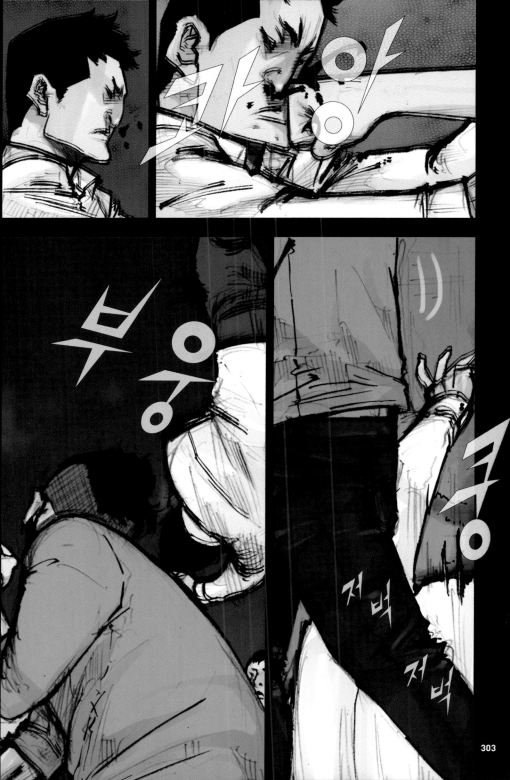

저벅

저벅

일이 바쁜가 보다. 장소 문자로
넣어뒀으니까 보면 오겠지.

이번엔 진짜지?

뭐야? 안 받아?

예? 예…

컥!

크흡!

이게 피를 나눈 형제라는 거다.
형제가 아니면 결코 알 수 없는
그런 거지.

!

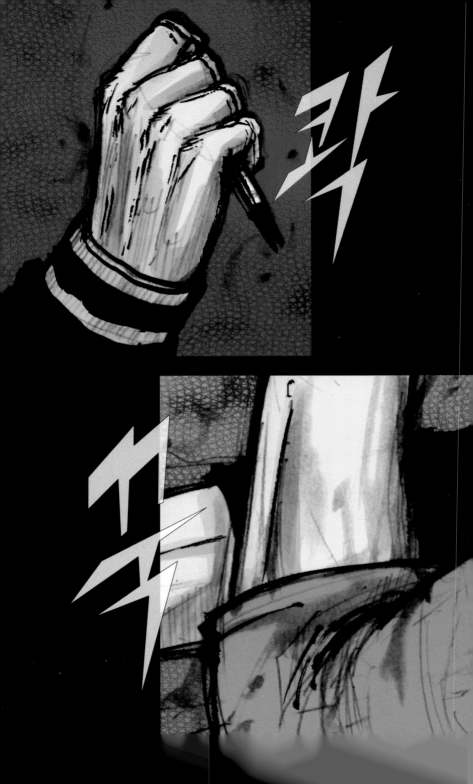

독고2 4

초판 1쇄 인쇄 2019년 6월 27일
초판 1쇄 발행 2019년 7월 15일

지은이 민 백승훈　　　　　　　　　**펴낸곳** (주)해피북스투유
펴낸이 김문식 최민석　　　　　　　**출판등록** 2016년 12월 12일 제2016-000343호
편집 이수민 김현진 박예나 김소정 윤예솔　**주소** 서울시 성북구 종암로 63, 4층(종암동)
디자인 손현주　　　　　　　　　　**전화** 02)336-1203
편집디자인 김철　　　　　　　　　**팩스** 02)336-1209
제작 제이오

© 민·백승훈, 2019

ISBN 979-11-88200-82-5 (04810)
　　　　979-11-88200-78-8 (세트)